헤어진 다음 날

헤어진 다음 날 1

초판   1쇄 발행 2015년 4월 30일

지은이   남지은 글 | 김인호 그림
펴낸이   한승수
펴낸곳   문예춘추사
편 집   고은정
마케팅   심지훈
디자인   오성민

등록번호   제300-1994-16
등록일자   1994년 1월 24일
주소   서울특별시 마포구 연남동 565-15 지남빌딩 309호
전화   02-338-0084
팩스   02-338-0087
블로그   moonchusa.blog.me
E-mail   moonchusa@naver.com

ISBN   978-89-7604-238-5 04810
            978-89-7604-237-8 04810(전 2권)

현실과 판타지를 넘나드는
타임슬립 로맨스

헤어진 다음 날 ◆1

글 **남지은** ┃ 그림 **김인호**

문예춘추사

너 그거 알아?

너와 헤어진
다음 날부터 난…

니가 끝내자며…

훅

타앗!

그날에 갇힌 것 같아…

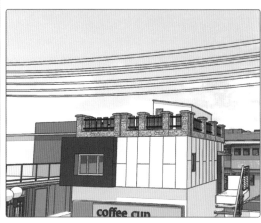

지잉 지잉

어! 왜?

오늘은 모닝커피 못 주겠다.
오늘 가게 좀 늦게 열 것
같아서···

알았어.

어젠 잘
들어간 거지?

어···

아, 애들이 저녁에 리스마에서 보재~
어제 너 그냥 가서 마무리 제대로
못했다고 오늘 하자더라~

알았어.

15

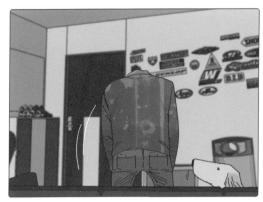

툭

아~ 됐다! 됐어!
더 설명하기도 싫다!

내가 왜 지금
이런 것까지
설명해야 되냐?

후우~

문다인!

우리 그만···

끝내자.

어차피 뭐! 우리가 무슨 사이이기나 했냐?

부웅

어? 버스 왔다!

야! 문다인!

...

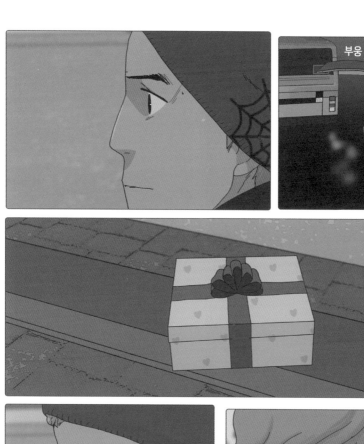

부웅

에잇!

팍!

끄응 끄응

그래!
나가자, 콜!

뭐야? 어제 피곤하다더니 집에 와서 혼자 마셨냐? 이 나쁜 놈아!

유탁! 진짜 너 혼자 술 마신 거야?

아니면 다인 씨랑 같이 마신 거야?

다인 씨랑 같이 마셨겠냐? 어제 보니까 분위기 심상치 않던데… 딱 보니까 싸우고 혼자 마셨구만! 맞지?

왜 싸우고 술을 마셔? 둘이 그냥 친구라며?

아, 근데 왜 왔어? 오늘 저녁에 모이자며…

아~ 그게…

ㅋㅋㅋ

27

우리 블로그에도 난리 났어! 난리!!
너 어제 세 곡 다 빵빵 터졌잖아!
분위기 느꼈지?

지금 팬들이 유튜브 에도 동영상
올렸고, 우리 블로그에 오늘 다녀간
사람만 만 명이 넘었어!

진짜야?

블로그에 우리 말고
아무도 안 왔었는데…
그치?

예~~~~!!

coffee cup

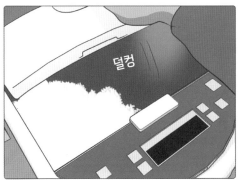

덜컹

31

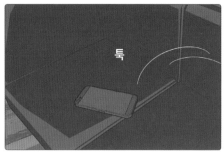

"신유탁 님! 목소리 정말 좋아요! 최고최고"

"분위기 최고였어요! 멋진 공연 감사해요!"

"잘 봤어요! 미스터 신! 최곱니다! 꺄악~ 팬 됐어요!"

"노래 정말 잘 들었어요! 아우~ 좋네요!"

마지막으로 〈크리스마스의 키스〉라는 곡 들려드리겠습니다.

캬아아아~!!

캬아아아~!!

하아···

CHAPTER 2

촤르르르...

콜!
먹어!

집 잘 보고 있어~!

리스마레스토랑

어?

아침에 못 준 거~

피식~

언제 왔냐?

딸랑~

오빠!
오셨어요?

좌악!

앗!

죄송해요! 커피 들고
계신지 몰라서···

괜찮아~
괜찮아~

대일이만 들어오면 호들갑이니···
내가 쟤 한 번은 사고 칠 줄 알았다~

사고는 무슨~
그럴 수도 있지···

노영이
올 때가 됐는데···

달랑~

하이루~~

하! 정확하네!

아, 괜찮은데... 일부러 사온 거야?

아까, 죄송했어요.

아, 정말 괜찮은데... 어쨌든 잘 마실게!

수줍~

다음에 내가 한 잔 사줄게!

후다닥

적당히 해라~!

뭘?

쟤랑 사귈 거야? 아니지? 아니면 그만 좀 친절해! 이놈아!

ㅋㅋㅋㅋ

내 친구도 어제 유탁이 노래는 첨 들었다는데 목소리 정말 좋다고 하더라고~!

그래! 이제 신유탁이 빛을 보려나 보다! 새해는 우리 유탁이의 해로 만들어 보자!

좋았어~!

짠!

얌마~ 근데 넌 표정이 왜 그래? 잘됐잖아~! 신 나지 않아?

쩝쩝쩝

어! 너 그거 먹으면 안 되잖아!

신 나서 그런다! 신 나니까 오늘은 마음대로 먹을란다!

전화를 받지 않아…

coffee cup

비틀　　비틀

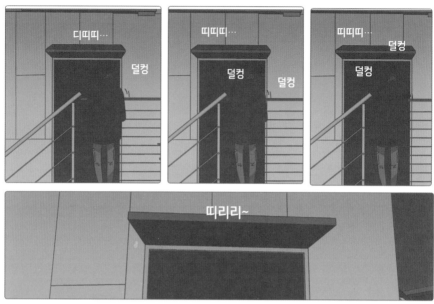

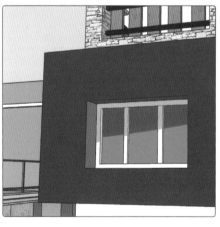

퍽!

움찔

부스스…

지잉

지잉

지잉

?

지잉

어…

오늘은 모닝커피 못 주겠다.
오늘 가게 좀 늦게 열 것 같아서…

어? 또?

어젠 잘 들어간 거지?

어…

아, 애들이 저녁에 리스마에서 보재~
어제 너 그냥 가서 마무리 제대로 못
했다고 오늘 하자더라~!

멀 또 모여...

어제 공연 끝나고 너 그냥 갔잖아. 애들이 걱정했어. 무슨 일 있나...

아, 나 지금 나가야 된다! 이따 보자!

나, 안 가... 여보세요?

끊었네?

콜! 이거 왜 뺐어?
형 물건 맘대로 건들지
말랬지···!

맞어! 대박났어! 너 몰랐지? 난리 났어! 난리!!

지금 팬들이 유투브에도 동영상 올렸고, 우리 블로그에 오늘 다녀간 사람만 만 명이 넘었다!

그것도 어제…

우리 블로그에 우리 말고 별로 사람들 없었는데… 그치?

예~~~~!!

…

알았으니까 그 얘긴 그만해도 되고~! 근에 오늘은 왜 또 왔냐니까?

나 어제 진국이네서 잤거든… 일어나자마자 너한테 이 기쁜 소식 전해주러 온 건데?

야! 뭐 먹고 얘기하자! 배고파 죽겠다!

coffee cup

쩝쩝

쩝쩝

넌 짬뽕 먹으면 안 되지?
그럼 탕수육이라도 한 개 먹어~
한 개는 괜찮잖아?

아냐, 괜찮아···
니들 먹어···

그것보다···

우리 어제도 이렇게 먹었지?

?

어제도 너네가
우리집에 와서…

아, 여보세요?

어, 예지야! 그래!
어? 어디라고?

아! 맞다! 알았어!
지금 바로 갈게! 삼십 분만
기다려! 미안해!

야, 나 가야된다!
오늘 레슨 보강 있는 거
까먹었네!

저녁에
리스마에서 보자!

유탁이 막걸리 쏴라~
흐흐~ 축하해!

같이 가! 나도 가야 돼!
간다! 이따 7시까지
와!

…

지잉
지잉

여보세요?

네, 신유탁 고객님이시죠?
저는 유리은행 고객 마케팅센터의 박현경이라고
합니다. 유리은행 개인정보의 마케팅 활용 동의해
주셔서…

…

CHAPTER 4

좌르르르…

집 잘 보고 있어~!

어제가 크리스마스였잖아.

뭐? 뭔 소리야! 그저께가 크리스마스였지!

야, 나 가게 다 왔다. 이따 리스마에서 봐~!

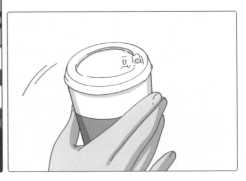

아침에 못 준 거~

딸랑~

오빠!
오셨어요?

아, 괜찮은데…
일부러 사온
거야?

수줍수줍~

아까,
죄송했어요.

아,
정말 괜찮은데…
어쨌든 잘 마실게!

다음에
내가 한 잔 사줄게!

후다닥

적당히 해라!

멀?

쟤랑 사귈거야?
아니지? 아니면
그만 좀 친절해!
이놈아!
ㅋㅋㅋㅋ

야
아
아
!!

이제 그만해!

멀?

??

장난
그만하라구!

???

이거 진짜 어떻게 한 거야? 내 것도 26일이던데…

먼 소리야?

아까 통화할 때 말한 거 얘기하는 거야?

무슨 말을 했는데?

어제가 진짜 크리스마스였냐고 계속 묻길래 그렇다고 했더니 유탁이가 아니라고…

푸하하하~ 알았어! 알았어! 그만해!

어제가 크리스마스였다! 그래! 별것도 아닌 걸로 장난은…!

너 오늘 좀 이상하다?

너 다인 씨랑 싸우고 머리가…

야! 다인이 얘기 그만하라구~!!

자자! 마셔!
니들이 나 때문에 또 모인 것
같은데…

나 진짜 괜찮아~!
내가 뭐 걔랑 사귀길 했었냐?
뭘 했었냐?

오늘 마음껏
마셔 보자!

술 마셔도 돼?
또 한의원 가야 되는 거
아냐?

얘, 어제도 혼자
집에서 캔 맥주
했더라구~!

괜찮다!
니들이 이렇게 끔찍이 날
생각해 주는데… 오늘 하루
더 마신다고 뭐, 죽길 하겠냐?
뭐 하겠냐?

벌컥   벌컥

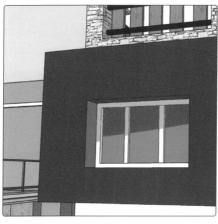

퍽!

움찔

부스스…

아… 머리야…
요즘 너무 마셨나?

지잉

지잉

어! 왜?

오늘은 모닝커피 못 주겠다.
오늘 가게 좀 늦게 열 것
같아서…

9 : 15

12월 26일 목요일

뜨악!!

!!

어…왜 끊었냐?

오늘…

26일이야?

어~ 26일이지… 어제가 크리스마스 였으니까.

12월 26일

?

또 끊었네? 커피 땜에 삐쳤나?

안 돼··· 아···
말도 안 돼!

뛰어! 콜!

!!

저기요!
저기!

콜…

이제 어떡하지…?

그래…

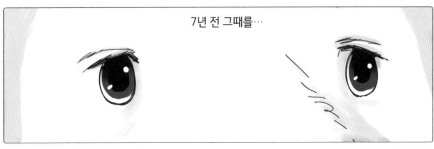

7년 전 그때를…

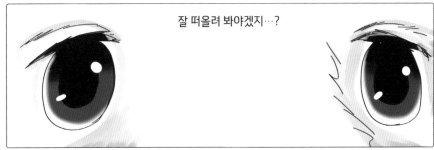

잘 떠올려 봐야겠지…?

<7년 전>

CHAPTER 5

고맙다! 유탁아…
우리 콜 두 달 동안 잘 부탁한다.
내가 선물 많이 사 올게!

형… 어제…?

응?

어제 아침에
나한테 콜 맡기러 왔었잖아?
어제…

근데 어떻게
오늘 또…

빵빵

미안하다! 나 늦었어!
내가 나중에 전화할게~
고마워! 유탁아!

너도
아는 거지?

여보세요?

너 어제 어떻게 된 거야?
고등학생이 술 퍼먹고 기절하고!
너 한 번만 더 그래 봐! 정말!

됐어~ 됐어~!
괜찮아! 아들!

엄마 아빠 제사 때문에 시골 내려왔어~
차 막힐까봐 일찍 나왔다. 밤 늦게나
올라갈 거야~! 엄마가 밥 챙겨 먹으래~

너!또!그래 봐! 정말!
학생이 공부는
안 하고!

끊을게! 아들~!
사랑한다~^^

뭐야?
엄마 아빠
까지…

콩나물 해장국…
감자조림… 김…
깍두기?

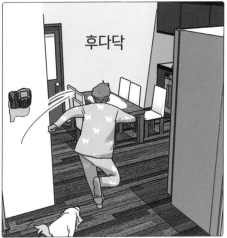

후다닥

으아~~!
어제 아침 메뉴잖아!!

7년 전, 매일 같은 날이
반복 되기 전날

난 첫사랑이었던 여자친구와 헤어진 후

내 인생 처음으로 필름이 끊길 때까지 술을 마셨었다.

다행인 건지···

니들 어제 공연 때 내가 노래 부른 동영상 봤어? 유튜브에도 올라왔는데! 지금 우리 블로그도 방문객으로 난리고!

엇!

너도 봤어?

그럼! 봤지!

그래서 오늘 저녁 모임 때는 내가 한턱 쏘려고 했는데…

아… 오늘 내가 몸이 너~무 안 좋네! 두통에 몸살에… 아무래도 약 먹고 푹 자야 될 것 같아!

친구들아! 한턱 쏘는 건 내일 해도 괜찮지?

응? 응…!

그래, 고맙다! 조심히 돌아가~

참! 노영이 너 오늘 예지 레슨 보강 있는 날인 것 까먹지 말고!

그런데 문제는…!

7년 전 그때…

반복되던 날에서
어떻게 벗어났는지가…

전혀 기억이 나지
않는다는 것이다.

신 나는 토요일!
나들이 가고
싶으시죠?

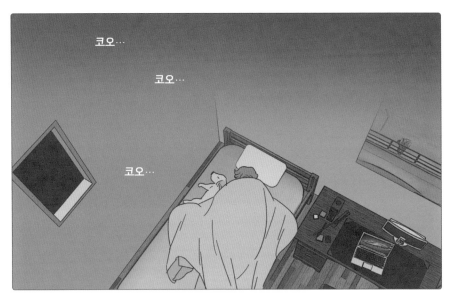

중간에 잠이 깨지 않도록 무던히도 애쓰며

잠을 청했던 7년 전의 나…

뒤척   뒤척

그렇게 한참을 침대에서 뒤척이다
밤이 되어서야 눈을 떴던 것 같다.

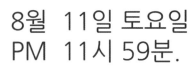

8월 11일 토요일
PM 11시 59분.

틱

8월 11일 토요일
AM 12시 00분.

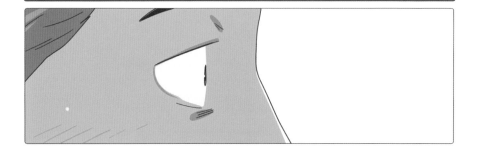

으아~~~!!!

잠자기는 실패였다.
자정이 넘어도 하루는 지나가지 않았다

후우~ 아무래도 아침에 대일이를 만나봐야겠다.
그 녀석… 나 대신 뭔가 기억하고 있을지도 모르니까…

후우…

CHAPTER 6

미안하다! 나 늦었어!
내가 나중에 전화할게~
고마워~유탁아!

하아

퍽

9:13
12월 26일 목요일

어?

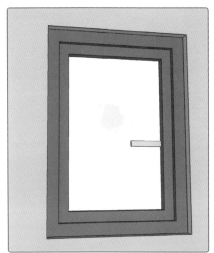

덜컹

사삭

후다닥

아~~~ 대일아~!
나 어떡하지?
나 머리가 어떻게 됐나 봐!
이러다가 미쳐 버릴 것
같아~~!

너 무슨 말을 하는 거야!
그런 말 하지 마! 세상에
여자가 걔 하나냐? 니가 여자를
처음 사귀어 봐서 그래! 원래 사귀다가
헤어지고 다 그런 거야! 인생이···

아니,
그게 아니라···

우리가 아직 고등학생이라
그렇지! 대학만 가면
소개팅에 미팅에 줄줄이
여자들 만날 일만 있다더라!
앞으로 우리 미래가···

지금 그런 얘기를
하려는 게 아니라···

그래!
걔가 너한테
첫사랑이긴 했지!
하지만 지금···

대일아!

내 말 좀 들어 봐!

?

여자 얘기가 아니라구···
내가 지금 하려는 말은···

그러니까
넌 아마 못 믿겠지만···
요즘 나···

···?

생각 나지? 응?
그때도 내가 지금이랑
비슷한 말 했었잖아!

아~

어···!
생각 나!

그래!
내가 지금 또
그 상황이랑
똑같아졌다구!
내 말 이해해?

가려고?

쉬는 게 좋겠다며?
쉬려면 집에 가서
쉬어야지!

그래! 우선 집에 가서
아무 생각 말고 푹 쉬어~!
그럼 기분이 좀 나아질 거야…

간다!
가자, 콜!

멈칫!

근데
대일아…!

혹시 내가…
그때 반복되던 날에서
어떻게 벗어났는지…
너한테 말한 적 없냐?

음…

한번 잘
생각해 봐…

도리도리

아무리 친하고
좋은 녀석이라고는 하지만···

그때나 지금이나···
나의 이 상황을 이해하지는
못하는 것 같다···

까칠

까칠

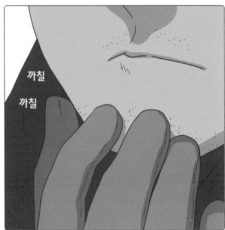

분명 나는 이렇게
하루하루 살아지고 있는데···

!!

으악!
써!!

확실히 기억나는 건···
술로는 그 상황을 벗어날 수 없었다는 것이다!

그래~
아무리 마셔봤자
내 속만 쓰릴
뿐이었지···

어쨌든
낙심하긴 아직
이르다!

그때
벗어날 수 있었다는 건

지금도 벗어날 수
있다는 거니까…!

다자, 콜!

내일 아침엔 눈 던진 사람이
누군지나 알아보자!
좋은 생각이지?

혹시…
어쩌면…

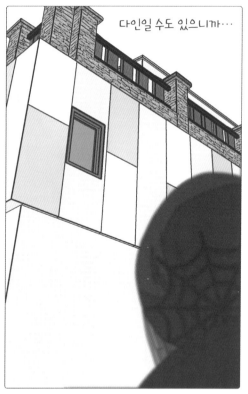

다인일 수도 있으니까…

CHAPTER 7

지난 4월

와작

제가 선 채로 깜빡 잠이 들었더라구요. 전엔 그런 적이 한 번도 없었는데···

왜 그렇게 몸을 피곤하게 했어요? 그럼 피부트러블 생긴 게 그 쯤이에요?

아, 아뇨! 피부는 그전에도 좀 그랬어요.

벅벅

근데 일 시작하고 많이 심해져서···

긁지 말고 두드리세요.

아, 네···

암튼, 레스토랑 일 시작하고 두 달 쯤 됐을 때가? 그때부터 뭘 잘못 먹으면 얼굴에 열이 화끈 올라오면서 빨갛게 뭐가 나더라구요~

팔이랑 다리에도요. 엄청 간지러운데···

혈액검사 먼저 할게요~!

이쪽으로~

아, 네!

벅벅

신유탁 님~

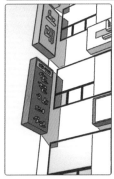

<먹으면 안 되는 음식-
돼지고기, 소고기, 닭고기, 오리고기,
밀가루, 콩, 우유, 설탕, 수박, 밤, 잣,
은행, 도라지, 연근, 무, 당근, 마늘, 굴,
장어, 영지 버섯, 술, 담배.>

이걸 다 먹지
말라구요?

끄덕~

그럼 멀
먹고 살아요?

아래에 써
있는 거요.

먹어도 되는 음식
잎채소, 포도, 김, 생선, 후추, 겨자…

음식만 조절해도
많이 좋아질 거예요!
한 주 후에 다시 오세요~
그때 한약도 같이 나갈 거니까…

하아…

다인아~
들어와~

어떻게 할 거야?

좀 더 쉬려구요···

누구 맘대로?

···

또 아무거나 먹었니?

벅 벅

왜 부르신 건데요?

연락 드려 봐!

박두진 교수
010-0000-0000

엄마 아빠 다 아는 분이셔. 니가 전화 드릴 거라고 했으니까 꼭 연락 드려~! 괜히 난처하게 만들지 말고···

후다닥

저기요!

이거 찾아요?

CHAPTER 8

지이이잉~

어, 대일아…

오늘은 모닝커피 못 줘도 돼…

그리고 저녁에 모이지? 난 못 갈 것 같다.

어? 그래? 무슨 일 있어?

나중에 얘기할게…

??

후~

안녕하세요~ ^^
윗집 총각이죠?

아, 예···
안녕하세요~

임대
010-2357-56*5

노래 잘하던데?
가수예요?

아, 그냥···
준비하고 있어요.

아~가수 지망생이구만!
기타도 잘 치고 건반도
잘 치고···

여튼, 매일매일
노래 잘~ 듣고
있습니다!

혹시 시끄러우셨으면
죄송해요. 임대라고 써
있어서 비어 있는 줄
알았거든요~

아니아니~
무슨 소리! 정말 잘
듣고 있다니까~ ^^

그냥
너와 함께 있는
시간이
좋았던 거였다.

그땐...

아…!

아, 이거 예쁘다!
우리 도시락통 사려고
했잖아~ 이걸로 할까?

응!
예쁘네~!

헉! 너무 비싸서
못 사겠다!

그러게 처음부터
올 수 있을 거라고 했으면
좋았잖아…

그랬으면… kiss 퍼포먼스 같은 건, 안 했을 텐데…

크리스마스 저녁?

응~!

그땐 약속 있어서
못 갈 것 같은데?

뭐야~ 보컬 선생이
이래도 돼? 제자가
공연 한다는데…

그때 난 네가 하는 말이 농담일 거라는 생각은 미처 하지 못했다.
당시 우리 상황이⋯ 그랬었으니까⋯

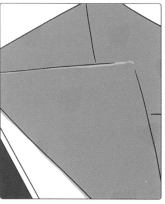

CHAPTER 9

메리 크리스마스! 유탁! ^^

우리 같이 보컬 연습한지도 벌써 반 년이 지났네~

객원 가수로 무대에 선 너의 모습을 볼 수 있다니 생각만 해도 설렌다.

(그것도 크리스마스 저녁에 말야~)

그동안 트레이닝 하면서 내가 너무 구박만 했었지?

호흡 못한다고 욕하고 감정 못 살린다고 욕하고... 나 너무 미워한 건 아닌지...?

사실 잘 할 때도 많았어! (처음 말하는 건가?)

그리고 무엇보다 난 네 감미로운 목소리가 참 좋아...)

(이것도 처음 말하네! 오글오글하당)

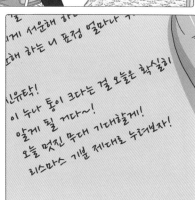

오늘 못 갈 거라고 한 거, 장난이었는데...

너 되게 서운해 하더라?

서운해 하는 네 표정 얼마나 귀여웠는지...(큭~)

...게 서운해 하...

...해 하는 네 표정 얼마나 귀...

...신유탁!

이 누나 통이 크다는 걸 오늘은 확실히

알게 될 거다~!

오늘 멋진 무대 기대할게!

크리스마스 기분 제대로 누려보자!

그리고
요즘 우리 사이에 있었던 많은 일들...
마음 불편하게 했던 것들...
오해들...
그 모든 게 말끔히 해소되는 크리스마스가
되었음 좋겠어... ^^

이따 보자~!
너의 보컬 선생이자 친구인...
다인이가.

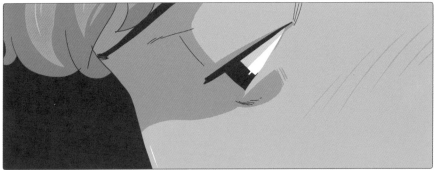

후다닥

콜!
금방 갔다
올게!

헉
헉...

< 최근 통화

문다인

어제

휴대전화
010-0000-0000

집

FaceTime

집

"문다인!
우리 그만... 끝내자!"

"그래,
그렇게 하자..."

전원이 꺼져 있어…

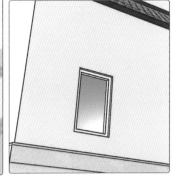

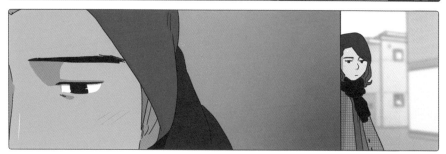

잘 마실게요~!
고마워요~!

제가
고맙죠!

근데
한의원엔
왜 왔어요?

아~
피부 때문에
왔는데···

나보고 가려운 거 나으려면 풀만 먹고 살래요~

혹시 잎채소, 생선, 김… 뭐 그런 것만 먹으래요?

어! 어떻게 알았어요?

나랑 체질이 같은가 보네~

아~

근데 말이 돼요? 돼지고기, 소고기, 닭고기! 아무 것도 먹지 말라니…

그거 진짜 효과 있어요!

아, 그래요?

요즘엔 나도 잘 안 지키고 있지만… 하면 좋을 거예요!

전 개인적으로
여기 음식이 제일
좋더라구요!

근데,
기타리스트예요?
어떤 음악 해요?

아~
그냥···

처음 봤을 때부터 호감을 느꼈다.

그리고

공통점이 많아서인지

우린

금방 친해질 수 있었다.

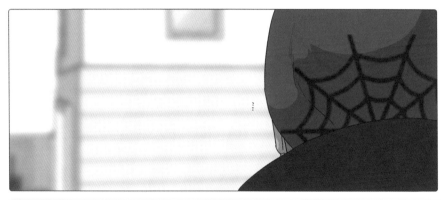

휙!

CHAPTER 10

안녕하세요!
신유탁이라고 합니다~
제가 들려드릴 곡은···

꺄아아~ 멋있어요~

잘한다아~!

짝짝
짝짝

그럼, 마지막 곡은 〈크리스마스의 키스〉 라는 곡, 들려드리겠습니다.

나, 처음으로 용기내어 너에게 입맞춤을 해~

마치 크리스마스의 기적처럼~ 내 마음을 고백했지~

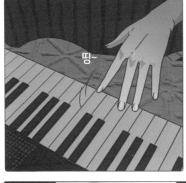

다인아!

덥석!

어, 어떻게 왔어?
못 온다며···

걔가 소율이야?
니가 말한 애?

!!

탓!

다인아!

걔랑 아무 것도 안 했어! 아깐 그냥 가짜로···

휙!

이렇게 손가락 대고···

됐으니까 놔!

휙!

퍽!

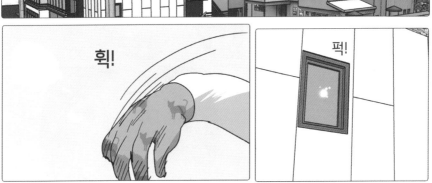

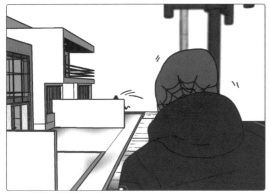

어, 대일아···

덜컹
덜컹

뭐야···? 사람이
살고 있었네?

특히 이 노래···
개인적으로 내 취향인데···
흠흠!

처음으로 돌~리기엔~
너무 늦은 거렬~

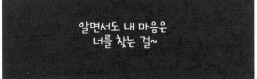

알면서도 내 마음은
너를 찾는 걸~

아무것도 아닌 일들···

걔랑 아무 것도
안 했어! 아깐 그냥
가짜로···

꼴통유탁
010-1234-3454

전화 해 볼까···?

흠~

아니야!

식!

절대 안 할 거야!

탓!

식!

휙!

!

끼익…

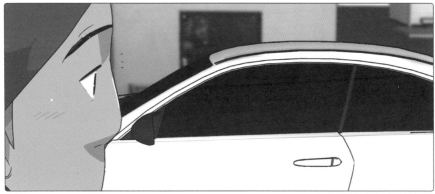

지잉

CHAPTER 11

그래서 지금 다시
집에 왔다구요!
그러는 당신은…

아, 안녕하세요…

잠깐만요.

다인이 없는데…
아침 일찍 나가는 것
같던데…?

아, 네…

알았으니까!
당신이나 잘해요!
쾅!

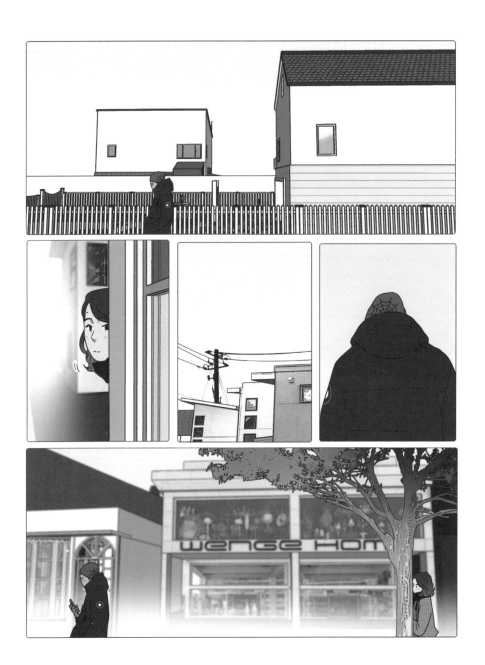

아침부터
어딜 간 거야?

벅벅

벅벅

벅벅

에이씨!
간지러워!

벅벅

벅벅

난 우리가 천생연분일 거라고 생각했다.
말하지 않아도 가려운 곳을 시원케 해 주는 유일한 사람을 만났다고…
그렇게 생각했다.

보컬 레슨 하는 앤데···
버릇이 너무 없어서 그만
두겠다고 했거든~
근데도 계속
연락하네···

?!

너 보컬
레슨도 해?

응!

왜?

다인아아~

학원은 나랑 진짜
안 맞는단 말야~

맞는 학원을
못 찾아서 그래~

그냥 니가
도와주면
되잖아~응?!

뭐 부를 거야?
시작해 봐~

지금?
바로?

테스트 하기 싫어?
그럼 나 갈까?

아아~ 알았어!
부를게!

자신 있는 노래 아무거나
편하게 불러 봐~

과연~ 하던 일 다 때려치우고
가수에 도전할 만한 실력인지···
어디 한번 들어 보자!

흠흠!

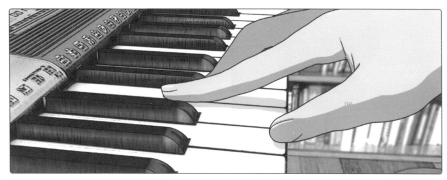

표정이없는 lady 맘을 열어봐~

왜 자꾸만 시선을 피해, 나를 바라봐~

알잖아 네가 없으면
너만 찾는 날~

Girl let me love you
나는 참을 수가 없는 오늘~

망설이지 말고 좀 더 다가와~
어디를 봐도 You're an angel from the sky
내 눈을 사로잡은 Mad sexy cool style

Aye Hold on 어깨를 감싸안을 때에 너~
미소를 짓고 있네~

한 달이 지나서야

그 생각이 나만의 착각이었음을 깨달았다.

소윽

휙!

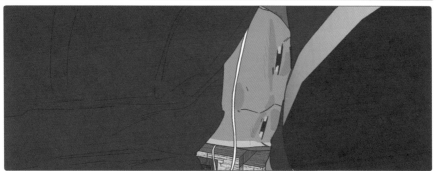

몰랐던 사실을 알게 된 순간… 감정은 촛불처럼 흔들렸다.

이쪽에 앉자~
응~

아메리카노?
응…

앗!
휙!

스윽

누구야?

CHAPTER 12

남친!

뭐?

남자 친구~!

아! 내가 말 안 했나?

어…

첨 듣는데?

갑자기
무슨 약속?

중요한 건데···
내가 깜빡했네! 아무튼
먼저 간다!

아, 뭐야?
그럼 오늘 레슨은?

오늘은
못 할 것 같아···

야! 시작한지
얼마나 됐다고···

갈게! 미안~!

부웅~

너 진짜!

자고 있었냐?

내가 좀 늦었지? 어제
니 맘대로 레슨 취소한 거
괘씸해서 안 오려다가···
그래도, 스승인데

제자한테 속 좁게 굴면
안 될 것 같아서 온 거야~
고마운 줄 알어~!

···

너 오늘
출근이지?
빨리
수업하자!

···

호흡 연습 좀 했어? 지난 주에도
말했지만~ 내가 가장 중요하게
생각하는 게 호흡이야···

'남친! 아, 내가 말 안 했나?'

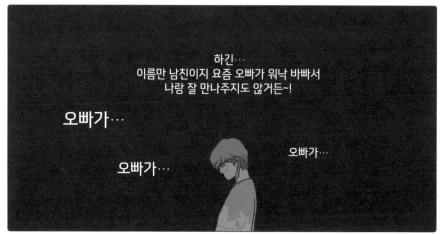

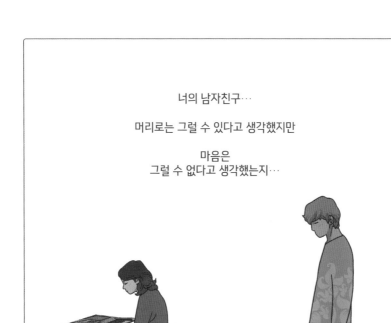

너의 남자친구…

머리로는 그럴 수 있다고 생각했지만

마음은
그럴 수 없다고 생각했는지…

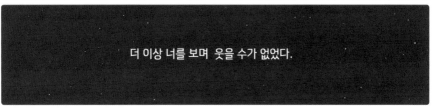

더 이상 너를 보며 웃을 수가 없었다.

아!

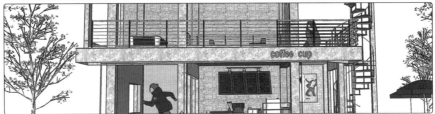

...

콜~ 미안해~!
형아가 산책도
안 시켜 주고...

가자!

내일 아침에 눈 뜨면
말짱해질 거야~ 콜!

유탁이 진짜 안 온대?
이게 다 누구 때문에
모이는 건데!

몸이 별론가봐~
오늘은 쉬고
싶다고…

쉬고 싶은 놈이
아침부터 어디를 갔대?
집에 가보니까 없던데?

내가 한 번
전화해 볼게!

217

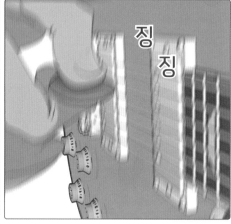

그럼 뭐야? 우리 보다 콜이 더 소중하다는 거야? 지금?!

당연하지!

정말 그런 거야?

무리수 두기는… 동거 중인데 아무래도 콜 서열이 한 수 위 아니겠냐? ㅋㅋㅋ

와~ 근데 이게 다 뭐야? 뭘 이렇게 많이 사왔어?

이 치사 빵꾸야! 너 때문에 걱정 돼서 형님들이 식사도 거르고 한 걸음에 달려온 거잖아! 지금~!

밖에서 보니까 니 방에 불 켜져 있길래 같이 먹으려고 많이 사왔다~!

자! 이건 니 채소~! ^^

피식~

…?

예~~
먹자~!

먹자! 먹자!
먹자!

아이얍!

어딜!

반응 정말좋았어!

너 3명이던 팬이
3000명은 됐을걸!

알면서도 내 마음은
너를 찾는 걸~♪

아하 하하하~

CHAPTER 13

꼬마야~!

퍽!

움찔

그래 꼬맹아~!
일어났다!
일어났어~!

또 해요?

아,아냐~
그만 해도 돼~

...

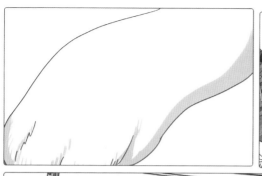

이것 봐~ 형이 아침 되면
다 나을 거라고 했지?

나가자! 콜!

레슨, 그 이상의 의미를 두어선 안될 것 같다는 생각이 들자…
함께하는 시간도 더 이상 즐겁지만은 않았다.

찡~!

너 정말 왜 그래?
밥 굶었어?

…

226 헤어진 다음 날 · 1

인사해~ 밴드 하는 내 친구들...

아~ 안녕하세요!

이쪽은 문다인 내 보컬 선생님~

아~ 다인 씨구나! 유탁이한테 얘기 들었어요! 반가워요~

니들 갑자기 웬 일이야?

웬일이긴! 오랜만에 너랑 같이 출근하려고 왔지!

근데 손님이 있어서...

괜찮으면 다인 씨도 같이 가시죠?!

??

배고프다고 한 놈 누구야?

나요~

나도~

턱

매상 올려 주려고 일부러 여기로 왔는데⋯ 더 친절하지 못할까! 이놈~!

다인 씨, 좀 드세요~ ^^

야,야! 고기는 니들이나 많이 먹어~

우린 요즘 식단 조절 중이거든!

우리?

유탁이랑 저랑 체질이 같아서요…^^;

아아ᄂᄂ!

벅 벅

두 사람 그냥 스승과 제자 사이 맞아요? 체질도 똑같고, 같이 음악 하는 것도 그렇고…

완전 잘 어울리는데… 천생연분! 그치?

시끄럽다! 우리 선생님 남친 있으신 몸이야… 말 조심해~!

아하~~!

맛있게들 먹어라!
난 일한다~!

실음과
다녀요?

네~ 지금은
휴학 중이에요~

실력이 좋으신가 봐요~!
유탁이 말로는
싱어송라이터라고···

언제부터
음악했어요?

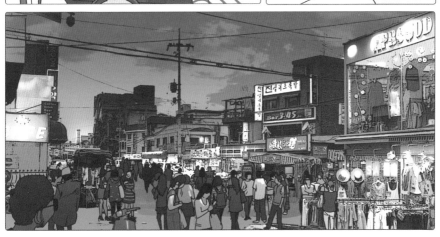

두 장 주세요.

유탁이 어때요? 가르칠 만해요?

흠음~

도리도리

그래도 많이 늘었을 걸? 레슨 열심히 하죠?

당연히 열심히 해야지~! 저번 오디션 떨어졌을 때 유탁이 표정 생각나냐? 울 뻔 했잖아~!

어? 오디션은 아직 한번도 안 봤다고 하던데···?

아! 그럼 한 번도 안 본 걸로 하죠ㅋㅋ

무슨 얘기했어? 내 얘기했지?!

도리도리

아! 드레스 코드! 깜빡했다!

여기 있어요!

스윽

움찔!

뭐,
뭐하는 거야~!

스읍!
가만 있어 봐!

Yeah~~~~~

달라진 건 없었다.
여전히 너에겐 남자친구가 있었고
난 그저 너에게 친구, 아니면 제자일 뿐인지도…

그렇지만 우리가 함께 있다는 것…
그리고 그 시간을 내가 좋아한다는 것…
그 역시 달라진 건 없었다.

너를 보고 다시 웃을 수 있었다.

교수님한테 연락 안 드렸더라?

엄마가 숟가락으로 밥까지 떠 먹여 줘야 되겠니?

촤악

박 교수님 동생이 방송국 피디야. 너 음악 방송에 넣어 준다고 얘기 다 됐으니까 오늘 중으로 꼭 연락해! 알았지?

...

너까지 엄마 속상하게 만들지 마···

CHAPTER 14

탁

아버지 닮아서 재능이
많다고 들었어요~
실음과 휴학중이라고
하던데···

학교 공부에 싫증 났을 때
현장에서 경험 쌓는 것도
나쁘진 않죠~!

···

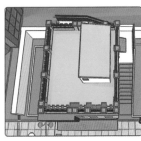

뭐해?
나 밖인데
나올래?

어딘데?

아! 너 오늘 출근하는
날이지? 깜빡했다!

왜? 너 지금
어딘데?

아니야~ 그냥 같이
놀자고 전화한 건데
너 출근해야 되잖아~!

나 오늘
출근 안 해!

사,
사장님이...

아! 알바를 새로 뽑으셨거든!
그래서 내 스케줄도 바뀌었어~!
^^;;

아, 그래?
잘됐다! 여기가
어디냐면...

후다닥

음...

사장님...

아~~
뭐라고 하지?

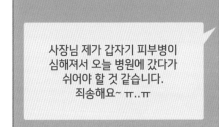

사장님 제가 갑자기 피부병이
심해져서 오늘 병원에 갔다가
쉬어야 할 것 같습니다.
죄송해요~ ㅠ..ㅠ

후다닥

이제 나에게
너를 만나는 시간은,

그 무엇보다 우선이었다.

후우
후우~

이야~ 갤러리⋯
이런 취미도 있어?

빨리
왔네?

차가
안 막혀서~

그럼 나가자!
배고파!

우리 오늘 아무거나
막 먹자! 나 엄청 얼큰한 게
먹고 싶은데⋯ 넌?

좋~지!!

어맛! 감자탕·순대국

자~ 그동안 풀만 먹느라
고생했다! 신유탁! ^^

네네~
고맙습니다~!
잘 먹겠습니다~!

엄마가 원래 그렇게 차가운 분은 아니셨는데···
아빠가 곡 쓸 때마다 한 달이고 두 달이고
혼자 훌쩍 떠나시니까···

아~ 아니야!
이 얘긴
하지 말자~!

Menu

-지잉~

사장님

이크!

아··· 또 이 전화네!
전화하지 말라니까···!

뭐 판매하는 사람인데
안 산다는데도 자꾸···

유탁이
이 녀석~~!!

홍대 정말 좋지?
난 여기만 오면 숨통이 트이는 것
같아시!

멈칫!

오!
오늘 초대가수
제이슨이래!

제이슨?

파이브카페

하루 종일 너와 함께 즐거운 시간을 보내면서…

'어쩌면 너도 나를 좋아나는 게 아닐까?'

생각한 바로 그때…

너의 눈빛이
흔들렸다…